AF359199

LE TABLEAV

DES
PASSIONS HVMAINES
REDVIT EN SONNETS.

Par le Sieur B. GRIGVETTE
Aduocat en Parlement.

A DIION,

Chez ANTOINE GRANGIER, Marchand
Libraire & Imprimeur ordinaire du Roy, pres le
Palais, à l'enseigne S.Bernard, deuant la
Chambre des Comptes.

M. DC. LVII.

A MESSIRE
NICOLAS BRVLART,

CHEVALIER DES ORDRES DV ROY,
CONSEILLER DV ROY EN SES CONSEILS,
PREMIER PRESIDENT AV PARLEMENT DE DIION:

MARQVIS DE LA BORDE,

BARON DE SONBERNON,
DE COVCHE, MVCEY MALIN, &c.

ONSEIGNEVR,

Ce petit TABLEAV DES PASSIONS HVMAINES
que ie vous presente paroistroit aucunement agreable
à vos yeux, dans les diuersitez des sujects qui s'y ren-
contrent, s'il auoit donné des ornemens necessaires
à cet ouurage. Mais comme la sterilité de mon esprit ne m'a pas permis de les depeindre en leurs viues couleurs, i'ay creu que mes deffauts seroient mis
à couuert par vostre protection: & que vostre illustre

A

entreprendre voſtre Panegyrique. Pompée receu à l'aage de vingt quatre ans Conſul à Rome, contre les loix,
fut nómé de tous les Senateurs auec eloge ; Themiſto-
cle dans la Grece, quoy qu'il ne fut pas en aage d'eſtre
Capitaine fut eſleu en cette charge auec des tiltres
d'honneur. Voſtre auantage ſurpaſſe de beaucoup le
leur, puiſque vous y eſtes receu auec l'eſtime du Prince. Mais pour ioindre à l'eſclat de voſtre gloire quelque ſujeƈt digne de vos vertus, ma muſe vous offre
l'eſtat des paſſions ſoubmiſes à la force de voſtre eſprit,
qui triomphera de leur pouuoir dans le rang que vous
tenez en cet auguſte Senat, ou l'on void paroiſtre
la Iuſtice ſur le theatre d'honneur, par la proteƈtion
des innocens, & la punition des crimes, voſtre prudence doit moderer les effors en puniſſant leur deſordre. Le
Philoſophe Cynique diſoit à Alexandre, que quoy qu'il
fut maiſtre de l'Aſie, il eſtoit plus grand monarque que
luy par l'empire qu'il auoit ſur ſes paſſions : ainſi on
peut dire quevous eſtes ſans pareil, par le pouuoir que
vous auez ſur ces mouuements de la nature : c'eſt le
triomphe que ie vous offre à voſtre entrée; que ſi ce vo-
lume ſe trouue deſnué de politeſſe, les vœux, les ſerui-
ces, & les reſpeƈts que ie vous reïtere ſuppléront à ce
defaut, n'ayant rien au monde que i'affeƈtionne dauan-
tage, que de meriter la qualité de

MONSEIGNEVR,

Voſtre tres-humble, tres-obeiſſant,
& tres-fidel Seruiteur,
I. GRIGVETTE.

Sonnet à l'Autheur.

Cet art industrieux dont l'vnique merueille
Sceut iadis esleuer Icare dans les Cieux,
Comme vn Aigle emporté d'vn effort glorieux
Approcha du Soleil la clarté sans pareille.

Ce miracle volant, au feu qui le réueille
Veit fondre ce que l'art auoit de precieux,
Et la temerité de cet audacieux
Rendit chez Apollon son ame criminelle.

Les fœux de son orgueil noyerent ses desseins;
Mais ceux de ton amour plus heureux & plus sains
Aux naissantes clartez du Soleil de Iustice,

Opposants le miroir ardent des passions
Tu tire à la chaleur de ce sainct Sacrifice
L'immortelle douceur de tes conceptions.

Par son tres-humble & tres-obeissant
Seruiteur GODRAN.

LE

LE TABLEAV
DES
PASSIONS HVMAINES
REDVIT EN SONNETS.

PREMIER SONNET.
Sur le suject en general.

LE Roy de l'vniuers, l'humaine creature
Pour qui l'astre du iour fait briller sa clarté
Pour qui les elemens, font l'inegalité
Des contraires humeurs, qui forment sa nature
Se verroit à present, dans la douce auanture
De l'estat innocent de sa felicité,
Si le crime fatal de ce cœur reuolté
N'eust attiré la mort, sur sa race future,
Tout ce que Dieu soubmit à son ample pouuoir,
Quitta l'ordre prescrit de ce premier deuoir,
Les muettes beautez, n'ornerent plus la terre,
Elle deuint nuisible en ses productions,
L'eau, l'air furent troublés, le feu luy fit la guerre,
Et son raisonnement suiuit ses passions.

A

II. SONNET.

Nous qui sommes de Dieu, les viuantes images,
Heritiers du desbris de nos premiers parents
Infectez du peché, nous naissons en mourants
Dans l'agitation des sensibles orages
Les fortes passions, dont les frequents rauages
Nous font desesperez, furieux, ignorants,
Precipiter nos iours par leurs traits apparents
Aux perils euidens des funestes naufrages,
Nous quittons la vertu, pour suiure les plaisirs
Qui trahissent nos sens, & traisnent nos desirs
Dans la necesité de leur propre infamie,
Ainsi des voluptez, le mouuement brutal
Par les charmes puissants d'vne flamme ennemie,
Rend l'homme ingenieux, à ce faire du mal.

III. SONNET.

Sur la nature de l'Amour.

Entretien sans succez, conduite sans raison,
Martyre sans trespas, supplice sans offence,
Serment sans verité, reproche sans deffence,
Liberté sans pouuoir, esclaue sans prison,
Solitude sans fruict, extase hors de saison,
Promesse sans effect, offre sans recompense,
Regard sans iugement, souspirs sans ioüissance,
Vnion sans repos, douleur sans guerison,
Complimens affectés, mespris sans artifice,
Adorateurs sans foy, temple sans sacrifice,
Ombrage sans motif, fermeté sans bonheur,
Mouuemens insensé, transports meslez de flammes,
Desespoir sans secours, volupté sans honneur,
C'est ce qu'on dit qu'amour opere dans nos ames.

IV. SONNET.

Sur les causes d'Amour.

CHacun sçait que des mœurs, la iuste ressemblance
Se forme des amans la parfaite vnion,
Que le but principal de cette passion
Et d'engager les cœurs dans la perseuerance,
Elle escarte l'effect d'vne extreme licence,
Boutefeu de desordre & de diuision,
Elle donne en faueur de l'inclination
Des secrets des amys l'entiere connoissance
Les souspirs, & transports authorisent sa loy,
Elle inuitent vn amant qui ne vit plus à soy
A ne plus respirer que pour l'obiect qu'il ayme:
Mais si l'affection d'vn cœur interessé
Au mouuement d'amour n'agist que pour luy mesme,
Elle veut que des siens son nom soit effacé.

V. SONNET.

Sur les effets de l'Amour.

LE zele est vn effect de l'amoureux empire,
La ferueur l'est aussy, qui s'empare des sens;
Mais la ialouse humeur, par des traicts plus pressans
De cette passion, cause tout le martyre
On soupçonne, on se plaint, on pallit, on souspire,
Vn abord impreueu treue des faits puissans
Contre l'integrité des desseins innocens,
Sur vn simple regard on menace, on conspire,
On ayme, on abandonne, on consulte, on attend,
On rayue, on est en peine, on mesprise, on pretend,
Le respect est banny, vn songe fait tout craindre
Iusque dans le sommeil, on deteste son sort,
Enfin ce mal commun qu'vn amant ne peut feindre,
Ronge comme vn Vautour, les cœurs iusque à la mort.

VI. SONNET.

Sur les remedes d'Amour.

Qvand la raison commande aux effets de l'amour,
Quand d'vn feu legitime on forme sa pensée,
Quana d'vn regard lascif, l'ame n'est pas blessée
Des desseins criminels, l'effect demeure court.
L'esprit se voit exempt de souffrir nuict & iour
Dans les traicts plus ouuerts d'vne ardeur trauersée,
Les aigreurs, les mespris d'vne idole insensée
Dont la beauté se passe, & n'a plus de retour :
Mais celuy qui s'attache à la vaine apparence,
Vne caresse, vn ris flatte son esperance
Pour vn simple agreément il perd sa liberté,
Sont les frequens abus des ames obstinées,
Le remede asseuré contre la volupté
Est d'aymer les vertus, dés nos ieunes années.

VII. SONNET.

Sur les proprietez de la haine.

Comme vn venin caché, par des traicts redoutables
Lance le coup fatal des sensibles malheurs,
Ainsi se mouuement de haine & de douleurs
Produit en vn moment des maux ineuitables
Dont les cas impreueus, facheux, espouuentables
Fourmissent des obiets de regrets & de pleurs,
Que l'on ne peut depeindre en ses viues couleurs,
Tant ses euenemens paroissent lamentables,
Les esprits agitez de cette passion,
Complices de querelle & de diuision
Se montrent affamez de sang & de carnage,
Vne iniure les pique, ils se veulent vanger,
Leur prescher le pardon, c'est choquer leur courage,
Ces cœurs sont endurcis, ils ne peuuent changer.

VIII SON-

VIII. SONNET.

Sur les Effets & remedes.

L'Esprit fourbe animé de sa malice noire,
Pour reduire à son poinct ces foibles ennemis,
Inuente des pechez qu'ils n'ont iamais commis,
Et suppose en effect ce qu'on ne sçauroit croire:
La haine est sa vertu, la vengeance sa gloire
De ses mauuais desseins, les exces sont permis,
Son addresse perd tout, les cœurs luy sont soubmis,
La seule oppression fait vanter sa victoire:
L'on void dans les escrits des profanes autheurs
Que les braues Heros par des termes flatteurs,
Sont nommez genereux à l'oubly d'vne iniure:
Le Chrestien qui renonce à cette vanité,
S'il ne veut pardonner, peche comme vn pariure,
Puisqu'il rompt le serment de sa fidelité.

IX. SONNET.

Du Desir.

L'Indigence icy bas accompagne nostre estre,
Et l'homme desnué de vertu, de vigueur
Dans l'estat languissant d'vne iuste rigueur,
Desire auidement, le bien qu'il voit paroistre,
Il se porte aux obiects qu'à peine il peut connoistre,
Charmé des vains appas d'vn esclat suborneur,
L'orgueil, la volupté, les richesses, l'honneur
Estouffent sa raison, si tost qu'on la void naistre,
Les plaisirs sensuels flattent sa passion,
Il suit les mouuemens de son affection,
Pour contenter ses yeux d'vne beauté connuë:
Mais lors qu'il croit iouyr de sa felicité,
Comme vn autre Ixion il embrasse vne nuë
Qui d'vn remord secret, punit sa vanité.

X. SONNET.

Sur le mesme suject du Desir.

L'Insatiable ardeur de l'infame auarice,
Qui du sang des humains fait croistre son pouuoir,
Qu'aucuns traicts de pitié ne sçauroient esmouuoir,
Tant elle ayme ce mal, que produit l'iniustice,
Fonde ses mouuemens sur l'estrange caprice
De ne songer sinon qu'au moyen d'en auoir,
Incitant les esprits à l'oubly du deuoir,
Qui fait regner sur nous, l'honneur, & la iustice,
Chimeriques desirs, foibles discernements,
Infortunez autheurs, d'ennuys & de tourmens,
Qui n'auez pour obiect que l'orgueil & l'outrage,
Vos immenses thresors n'ayants rien d'asseuré
Qu'vn effect criminel de douleur & de rage
N'ont garde d'assouuir vn esprit alteré.

XI. SONNET.

Sur l'Ambition.

LEs charmantes grandeurs ou se fonde la gloire
Dont les foibles mortels tirent leur vanité,
Preoccupe les cœurs d'vn desir escarté,
Des loix que la vertu graue dans la memoire,
Tout ce pompeux esclat que le siecle veut croire,
Comme le but fatal de sa felicité,
Apres les vains succez de son temps limité,
Deuient l'obiect fatal d'vne tragique histoire:
Cruelle ambition, supplice des esprits
Qui nous fait caresser les obiects de mespris
Pour complaire aux excez d'vn rigoureux martyre,
Ce ne sont pas les traicts de ton bien suborneur,
Qui contentent nos vœux, aux suiets qu'on desire:
C'est de Dieu seul que vient le solide bon-heur.

XII. SONNET.

Sur l'Auersion.

Comme le feu caché, de l'inclination
Fait naistre le desir de la chose qu'on ayme,
Ainsi des volontez la difference extreme,
D'vn contraire suiet forme l'auersion,
Le principal effort de cette passion
Ne prouient pas tousiours d'vne douleur supreme,
Le secret mouuement de la nature mesme
Authorise en naissant cette indignation.
Si le rapport des mœurs marque la sympatie
Son effet opposé montre l'antipatie,
L'vne assemble les cœurs, l'autre les desunit :
Cet ordre se fait voir sur la terre & sur l'onde,
Celle cy veut l'accord, celle-là le bannit
Par leurs ressorts secrets des merueilles du monde.

XIII. SONNET.

Sur la Delectation.

Le plaisir est l'obiet du bien qui nous enflamme,
Sa delectation produit la volupté,
Son excessiue ardeur tient l'esprit arresté
Aux sensibles efforts d'vne pressante flamme,
Les delices des yeux se glissans dans vne ame
Par vn doux agreément, volent la liberté,
Les plaisirs de l'oreille au fredon concerté,
Donnent trefue aux aigreurs d'vne penible trame,
L'odorat & le goust ioints aux attouchements
Dans le bien & le mal des diuers mouuements
De cette passion font valoir la puissance :
Mais si l'excez de ioye commande à la raison,
Cette plaisante humeur qu'on croit dans l'innocence
D'vn cœur preoccupé, deuiendra le poison.

XIV. SONNET.

Sur les ioyes de l'Esprit.

Bien que les voluptez qui tombent sur les sens,
Charment plus promptement le cœur & la pensée,
Que celles que recherche vne ame bien sensée
Dans l'vtil entretien des trauaux innocens,
Les plaisirs de l'esprit, dont les traicts rauissans,
Aux combats plus frequents d'vne fin trauersée
Descouurent des vertus la beauté caressée,
Qui rend des vains appas les effets langu ssans :
Celuy qui fait estat d'aymer la solitude
Se void dans ces douceurs exempt d'inquietude,
Vn solide repos accompagne ses iours,
Viuant loin du tumulte & du bruit populaire,
La science est l'obiect de ses chastes amours,
Et l'honneur le releue au dessus du vulgaire.

XV. SONNET.

Sur la Tristesse.

L'Estat humain meslé de repos & de peine,
Veut qu'aux plus doux plaisirs succede la douleur,
Qu'vn long calme à la fin, soit suiuy de malheur
Dans les traits plus ouuerts de l'inconstance humaine,
De cette passion l'origine certaine
Au triste euenement d'vne extreme rigueur,
Vient d'vn sensible effort qui touche iusques au cœur,
Produit par l'interest, fomenté par la haine.
L'homme atteint de ce mal paroist comme hebeté,
S'arrestant seulement à l'aspect medité,
Des funestes obiets de souspirs & de larmes,
La conuersation choque son sentiment,
Dans sa mauuaise humeur il rencontre des charmes,
Puisqu'aussi qu'Heraclite, il pleure à tout moment.

XVI. SONNET.

Sur la Iuste douleur.

L'Accident impreueu d'vne mort surprenante,
Vne perte de bien, vn affront apparent
Touche la fermeté d'vn cœur indifferent,
Par les puissans effets d'vne cause étonnante:
Ce iuste desplaisir dans sa force naissante
Affoiblit la raison, & rend l'homme ignorant,
Qui rayue, qui se plaint d'vn accent different,
Sans pouuoir exprimer sa tristesse presente:
Ses pleurs parlent pour luy, son deüil est sans pareil,
Il deffend à ses yeux la douceur du sommeil.
Que ce Peintre me plaist au fait de son ouurage,
Ou d'vn pere affligé paroissoit le malheur,
D'auoir mis vn rideau peint deuant son visage,
N'ayant sceu par ces traicts mieux former sa douleur.

XVII. SONNET.

Sur les remedes de la Tristesse.

LE principal effect de cette passion
Paroist au mouuement que fait naistre l'enuie,
C'est l'horreur des mortels, le tourment de la vie,
Le funeste brasier de la diuision:
L'esprit qui s'abandonne à cette impression,
Apres auoir souffert sa liberté rauie,
Par vne folle ardeur de tristesse suyuie,
Se consomme luy mesme en son auersion:
Le bonheur du prochain, le ronge, l'importune,
Il deteste en son cœur, sa gloire & sa fortune,
Pour luy nuire en secret, il arme sa raison,
En fin le bien commun le deuore, l'outrage:
Mitridate autrefois se nourrit de poison,
Les Lestrigons de sang, & luy vit de sa rage.

XVIII. SONNET.

Sur les remedes de la Tristesse.

CEtte bigearre humeur, nuisible à la santé,
Par les noires vapeurs de la melancolie,
Poussant le billieux à l'extreme folie
A besoin du secours de la societé,
C'est elle qui repare auec vtilité
Les defauts apparens d'vne prompte saillie,
C'est son doux entretien, qui rend l'ame pollie,
C'est le solide appuy de la tranquillité,
Vn amy qui prend part à la douleur amere
D'vn esprit affligé, soulage sa misere,
Le sommeil, & les bains en moderent l'effort:
Mais pour faire cesser la violence entiere
De cette passion, qui nous cause la mort,
Il faut auoir recours à l'ardente priere.

XIX. SONNET.

De l'Esperance.

LEs promesses des Grands, la pompeuse apparence,
Les honneurs passagers qui nous tiennent épris
Des traicts ou la fortune engage nos esprits,
Au succez incertain d'vne vaine esperance,
Montrent des cœurs humains la grossiere ignorance,
De fonder des trauaux l'auantage & le prix
Sur l'instabilité des obiets de mesprix
Qui trahissent nos soins, dans leur perseuerance
Agir incessamment, estre esclaue du bien,
Entreprendre beaucoup, pour ne posseder rien,
C'est cherir les ennuys d'vne dure contrainte.
Qui veut viure content, ne doit rien desirer,
Parmy tant de suiets d'inconstance, & de crainte,
Que ce que la raison nous peut faire esperer.

XX. SONNET.

Sur les effets de l'Esperance.

LEs vieillards rebutez dés leurs longues années,
Des sensibles effects de cette passion,
N'ont garde d'esperer que par occasion,
Aux succez incertains des fortunes bornées:
Les enfans peu versez aux cours des destinées
Agissent foiblement dans leur pretention,
La gloire, la grandeur, l'amour, l'ambition
Authorisent l'espoir des Testes couronnées.
Du Prince des buueurs les fidels suiets,
Par la force du vin se forment des proiets,
A ne point reussir, & beaucoup entreprendre:
Les ieunes gens aussi, dans leur viue chaleur,
Veüillent estre estimez plus hardis qu'Alexandre,
Esperant des grands faits de leur rare valeur.

XXI. SONNET.

Sur le Desespoir.

LE peril euident d'vn mal ineuitable,
Tant l'apprehension forme le desespoir,
Dont les euenemens font assez tost sçauoir,
Les tragiques effets d'vn malheur veritable:
Son abord est fascheux, sa suitte est redoutable,
Les esprits accablés sous son pressant pouuoir,
La resolution est de n'en point auoir,
Dans l'estat malheureux d'vn sort si deplorable:
Ces gens abandonnez à l'horreur du trespas
Treuuent pendant leurs iours vn enfer icy bas:
La vertu leur fait peur, la raison les outrage,
Ils se sentent priuez des moyens de guerir,
Puisqu'au dernier effort de fureur & de rage,
Ils caressent la Parque, & ne peuuent mourir.

XXII. SONNET.

Sur la Crainte.

LE timide accablé de la peur qui le presse
Aux dangers euidens d'vn extreme malheur,
Abandonne son ame aux traicts de la douleur
Dont le fatal obiect le tourmente sans cesse:
Il ne peut exprimer sa profonde tristesse,
Son apprehension dissipant sa chaleur,
Il souspire, il fremit, il change de couleur,
Son desordre apparent tesmoigne sa foiblesse.
Il n'ose librement descouurir son secret,
Il soupçonne vn amy qu'il ne voit qu'a regret,
Il se cache, il craint tout, son ombre l'espouuante,
Le monde n'est pour luy que des suiets d'horreur,
Il languit dans l'estat d'vne attainte mourante,
Comme Theodoric esperdu de frayeur.

XXIII. SONNET.

Sur la Iuste crainte.

LE redoutable effect d'vne sensible attainte,
Qui vous peut attirer les caprices du sort,
Par le coup impreueu d'vn rigoureux effort,
Rend de l'homme constant legitime la crainte,
Qu'il cache bien l'accent de sa secrette plainte,
Au funeste suiet qui le touche d'abord,
Mais portant sur son front l'image de la mort,
Il ne peut plus souffrir cette sage contrainte:
Dans vn tel entretien, son apprehension
Sert de iuste pretexte à cette passion,
Pour soubmettre son cœur aux traicts de sa puissance:
Celuy qui ne craint pas vn malheur suscité
Par les diuers effets de l'humaine inconstance,
Tombe dans le defaut d'insensibilité.

XXIV. SON-

XXIV. SONNET.

Sur la Pudeur, & la Honte.

ON oppose au peché la crainte, & la pudeur,
Sont les deux mouuemens qui souſtiennent la vie,
Sans eux la liberté ſe verroit aſſeruie
Sous le ioug malheureux de l'humaine grandeur,
Ces deux conditions qui marquent la candeur
Diſsipent les effeſts de la ialouſe enuie,
Par eux, la vanité d'inconſtance ſuiuie,
Perd l'abſolu pouuoir de ſa preſſante ardeur;
Mais le reproche honteux d'vne lâche infame,
Qui laiſſe de nos ſoins la fortune ennemie,
Nous faiſant le meſpris des hommes & des Dieux,
Prepare à nos forfaits l'Aigle de Promethée,
Au ſeiour eſloigné de la clarté des Cieux,
Pour vanger à iamais la Iuſtice irritée.

XXV. SONNET.

Sur l'Audace.

QVand l'homme fait couler la licence & l'audace
Dans les traiſts plus hardis de ſa temerité,
Il ne trauaille plus que par legereté:
La prudence en ſon cœur ne trouuant point de place,
Le deſir des vertus en vn moment ſe paſſe,
Son eſprit n'agit plus auec integrité,
L'vnique mouuement de ſa brutalité
Sert à des aſtions d'ornement & de grace:
Mais pour faire valoir l'effeſt de ſon credit
Il met ouuertement l'honneur en interdit,
L'orgueil eſt ſa grandeur, l'impudence ſa gloire
Des Heros inſenſez il emporte le prix,
Puiſqu'on voit de ſon corps la recente memoire,
D'vn traiſtement honteux d'auoir trop entrepris.

D

XXVI. SONNET.

Sur le Duel.

Lors que le iugement gouuerne le courage,
Que l'homme vertueux fait paroiſtre ſon cœur,
Qui ſçait bien meſnager ſa gloire & ſon bonheur,
Dans les occaſions que luy fournit l'outrage,
Il euite le mal d'vn perilleux vſage,
Ou la temerité forme le poinct d'honneur,
Il s'eſloigne des traicts d'vn duel ſuborneur,
Qui le porte aux excez de vengeance & de rage,
La perte du ſalut, les Edicts de nos Roys,
Le public intereſt, ny la rigueur des Loix
Ne peuuent reprimer cette extreme inſolence,
Cruelle paſſion, peſte de l'vniuers,
Funeſte poinct d'honneur, brutale violence,
Infortuné duel, meurs au bruit de mes vers.

XXVII. SONNET.

Sur le Courage.

L'Heroïque vertu des enfants de la gloire,
Dont les fameux exploits ont rauy les mortels
Qui leurs ont erigé des ſuperbes Autels,
Comme les monumens d'eternelle memoire,
Sert auecque raiſon d'ornement à l'hiſtoire,
Ou ſont compris les faits de leurs eloges, tels
Que les doutes rendroient les eſprits criminels,
Qui voudroit conteſter le fruict de leur victoire,
La vaillance les met au rang des demy-Dieux,
Leurs belles actions esbloüiſſent nos yeux,
Leur generoſité donne luſtre à leurs armes:
Mais ceux qu'on voit ſouuent pour l'intereſt du Roy
Expoſez aux perils des frequentes alarmes,
Ont les marques d'honneur que merite leur foy.

XXVIII. SONNET.

Sur la Colere.

Qvand on void preparé l'impetueux orage
Qui se forme dans l'air, auec estonnement,
Pour lancer contre nous ses traicts en vn moment,
On craint le coup fatal d'vn funeste rauage:
Ainsi l'homme colere animé du courage,
Dont il fait banqueroute à son raisonnement,
Apres quelque bruit sourd esclate ouuertement,
Par ses traicts enflammez de fureur & de rage,
Le feu sort de ses yeux, vn air precipité
Descouure le venin de son cœur irrité,
Il menace en iurant, sa voix est vn tonnerre,
La vengeance entretient son indignation,
Et son propre interest, ennemy de la guerre,
Ne le rend genereux qu'en cette passion.

XXIX. SONNET.

Sur le Chagrin.

Il n'est rien de pareil, au fiel d'vn Bilieux
Qui porte les desseins de son ame blessée
Aux violents excez d'vne flamme insensée,
(Source de son chagrin, supplice de ses yeux)
Qui fait que les obiets luy sont iniurieux:
Vn honneste entretien, rebute sa pensée
On espreuue en tout temps son humeur courroucée,
Par les diuers efforts de ses traicts furieux
Ces bigearres desirs, auortons de l'enuie,
Suscitez contre luy, persecutent sa vie,
Ces charmantes douceurs des plaisirs innocens,
Au lieu de les gouster il leur ferme la porte,
Ne voulant autre chose accorder à ses sens
Que les frequens ennuis qu'vn desespoir apporte.

XXX. SONNET.

Sur les remedes de la Colere.

ON oppose tousiours aux traicts de l'arrogance,
Vn esprit de douceur & de sincerité,
Qui nourrit l'vnion de la societé
Au commerce des mœurs (ou regne l'innocence)
On n'y pratique pas la haine, & la vengeance
Qui choque le deuoir de la fidelité,
On se rit des aigreurs d'vn courage irrité,
Refusant hautement le pardon d'vne offence:
Ie sçay bien que ce mal difficile à guerir,
Rebute le moyen qui nous porte à souffrir
Le mauuais traitement d'vne iniure apparente:
Mais sans auoir esgard au phantosme d'honneur
Dont les Anciens flattoient leur vanité mourante:
Quittons nos interests pour vn charmant bonheur.

XXXI. SONNET.

Sur le bon Zele.

LES crimes iustement prouoquent la colere,
Ce zele est praticqué par tous les gens d'honneur,
Ce n'est pas vn deffaut que d'auoir de l'horreur
Des noires actions, qui nous doiuent desplaire:
Il ne faut pas tomber dans l'erreur populaire,
La correction fait auecque chaleur,
Est le seuere effet d'vne extreme rigueur,
Puisqu'vsant de ta sorte on se gouuerne en pere,
Mais comme Iesus-Christ dont le cœur enflammé
Exerça le pouuoir de son zele animé
Contre ces criminels, qui profanoient son Temple,
De mesme nous deuons, dans nos saints mouuemens,
A l'imitation, d'vn si parfait Exemple,
Contre l'impieté, monstrer nos sentimens.

XXXII. SON-

XXXII. SONNET.

Sur la conclusion de cet Ouurage.

IE n'ay iamais ſuiui cette Philoſophie,
Dont la ſeuerité contre les paſsions
Reduit l'homme inſenſible aux indignations
Des obiets differens de colere, & d'enuie,
Elle le rend eſgal dans le cours de ſa vie
Aux temps des voluptez, & des afflictions:
Ariſtote plus iuſte en ſes opinions
Refutant les erreurs de la vaine folie,
Veut bien qu'on ſoit touché d'amour, & de deſir,
De haine, & de douleur, de crainte, & de plaiſir,
Pourueu que la raiſon conſerue la puiſſance:
Mais le Chreſtien doüé d'vn eſtat plus parfait,
Par vn acte d'amour arreſte la licence
Du mal contagieux, que le deſordre a fait.

F I N.